AU COUCHER DU SOLEIL, AVEC LE RETOUR DE LA NUIT, JE ME RÉVEILLE...
ET COMME TOUJOURS, UNE JOURNÉE TRANQUILLE COMMENCE.
À PORTÉE DE MA MAIN, SON VISAGE ENDORMI...
POF
ポン
...

KUROE ?

BONJOUR, MISAKI.
BON-JOUR.
TU AS TRAVAILLÉ TOUT CE TEMPS ?
OUI, J'AI UN MANUSCRIT À RENDRE DEMAIN SANS FAUTE.
EN RÉALITÉ, JE SUIS DÉJÀ TRÈS EN RETARD.
JE VOIS.

...
TU VEUX QUE... JE PRÉPARE LE PETIT-DÉJEUNER ?
MA PETITE PRINCESSE SAIT FAIRE LA CUISINE ?
NE TE MOQUE PAS DE MOI.
JE SAIS AU MOINS FAIRE GRILLER DES TOASTS.
PATAM
–

GACHANG
AAAAH !
!!
...
WHAAAH !!
PANG
GRALANG
BIKONG
GACHANG
GRALANG
MISAKI ?!

AH...
TOI, ALORS...
HÉ HÉ... C'EST LA POÊLE, JE N'ARRIVAIS PAS À L'ATTRAPER...
MAIS TU N'AS PAS BESOIN DE POÊLE POUR FAIRE DES TOASTS...
OUI, MAIS...
JE ME SUIS DIT QUE CE SERAIT UN PEU TRISTE COMME REPAS, ALORS...
TU N'AS PAS TORT, MAIS...
!!

TU T'ES COUPÉE AU DOIGT ?!
PAF
AH !
ÇA...
ÇA VA ALLER... C'EST JUSTE UNE ÉRAFLURE...
!!
NON...

NON, IL NE FAUT PAS...
C'EST LE SANG D'UN VAMPIRE...
SI TU EN AVALES...
TU DEVIENDRAS MON RENFIELD, MON ESCLAVE...
ET PUIS, REGARDE.
ZWASCH

ZWASH
C'EST DÉJÀ GUÉRI !
ALORS, TU VOIS ? NE T'INQUIÈTE PAS...
DÉSOLÉ...
SUIT
KUROE... NE FAIS PAS CETTE TÊTE.
CE N'EST PAS...
CE N'EST PAS DE TA FAUTE...

ALLEZ...
JE VAIS TE DONNER UN COUP DE MAIN.
HEIN ?
ET TON TRAVAIL ?
HMM... C'EST VRAI QUE JE NE DEVRAIS PAS, MAIS...
SI JE TE LAISSE FAIRE TOUTE SEULE, TU RISQUES DE CASSER TOUTE LA VAISSELLE...
HÉ !
TU PEUX VRAIMENT TE PERMETTRE DE PERDRE DU TEMPS ?
ET SI ÇA ME PERMET DE ME REMOTIVER, ÇA NE SERA PAS SI MAL, NON ?
BAH...
ÇA VA ME CHANGER LES IDÉES DE FAIRE LA CUISINE AVEC TOI !
TU SAIS, KUROE...

LE SIMPLE FAIT D'ÊTRE LÀ, AVEC TOI...
ME REND TRÈS HEUREUSE.
ALORS, SURTOUT...
NE SOIS PAS TRISTE POUR MOI...

D'APRÈS LES ENQUÊTEURS, UN JEUNE HOMME SERAIT À L'ORIGINE DES RÉCENTES AGRESSIONS AU CUTTER QUI SE MULTIPLIENT...
LA POLICE RECHERCHE UN LIEN...
BIP
...
JE SUIS VRAIMENT DÉCONNECT-TÉ NIVEAU INFOS, CES DERNIERS TEMPS...
C'EST ASSEZ FRÉQUENT POUR UN ÉCRIVAIN DE NE PAS SAVOIR CE QUI SE PASSE DANS LE MONDE, NON ?
KASHANG
PAS TRÈS RASSURANT, CETTE HISTOIRE...
MMH
OUI, MAIS CE N'EST PAS FORCÉMENT UNE BONNE CHOSE...
TU CROIS ?

DANS MON THÉ, JE METS BEAUCOUP DE LAIT...
ET DEUX SUCRES...
GRALANG
カチャ
EN RÉALITÉ, JE PRÉFÈRE QUAND C'EST ENCORE PLUS SUCRÉ, MAIS...
ÇA FAIT UN PEU GAMINE D'EN METTRE TROIS, NON ?
ET JE SUIS UNE ADULTE, MOI...
ス
FROUIT
AH !
ポチャン
QU'EST-CE QUE TU FAIS ?
ÇA VA ÊTRE TROP SUCRÉ !
TROP SUCRÉ, C'EST JUSTE CE QU'IL FAUT.
COMME POUR LA VIE !

QU'EST-CE QUE C'EST QUE CETTE RÉPLIQUE DE DÉPRAVÉ ?
DÉCIDÉMENT, JE NE PEUX PAS TE MENTIR, KUROE...
DRIIING
DRIIING
BIKONG
DRIIING
DRIIING
TA VIE A L'AIR PLUTÔT AMÈRE EN CE MOMENT, KUROE...
OUI...
AH !!
BONJOUR ! OUI, EUH... JE SUIS OCCUPÉ PAR UN AUTRE TRAVAIL POUR L'INSTANT... MAIS DÈS QUE ÇA SERA FINI, JE M'OCCUPE DE VOTRE CAS...

CE COUP DE TÉLÉPHONE...
ÇA N'AVAIT PAS L'AIR D'ÊTRE TON ÉDITEUR.
EN EFFET...
C'ÉTAIT POUR CETTE AFFAIRE.
WHAAAAH !!
IL EST MIGNON !!
QU'EST-CE QU'IL A ?!
IL S'APPELLE JACKY...
IL S'EST ÉGARÉ DEPUIS HIER ET ON M'A DEMANDÉ DE LE RECHERCHER...
J'AVAIS OUBLIÉ ÇA...
C'EST POUR TON TRAVAIL DE DÉTECTIVE, ALORS ?
OUI, C'EST ÇA.

JE VOIS... C'EST VRAI QUE TES LIVRES NE SE VENDENT PAS BIEN...
ET QUE TU DOIS FAIRE DES EFFORTS DE CE CÔTÉ-LÀ AUSSI.
T... TU AS RAISON...
AH... CE N'EST PAS CE QUE JE VOULAIS DIRE...
NON, J'AI COMPRIS...
SNIFF
ET PUIS... QUE ÇA SE VENDE OU PAS...
J'AIME BIEN LES HISTOIRES QUE TU ÉCRIS, KUROE.
C'EST LE GENRE DE COMPLIMENT QUI FAIT PLAISIR QUAND ON EST EN PLEIN BOUCLAGE !
N'EST-CE PAS ?

SI TU ES OCCUPÉ PAR TON TRAVAIL...
JE PEUX LE CHERCHER À TA PLACE.
HEIN ?
...
NON, JE NE PRÉFÈRE PAS...
IL T'EN AURA FALLU DU TEMPS JUSTE POUR RÉPONDRE ÇA.
COMMENT DIRE... JE CROIS QUE JE VAIS ME FAIRE DU SOUCI ET QUE JE N'ARRIVERAI PAS À TRAVAILLER SI TU SORS...
C'EST BON, J'AI COMPRIS.
LA FILLE QUI NE SERT À RIEN N'A QU'À PARESSER JUSQU'À CE QUE TU FINISSES TON TRAVAIL, C'EST ÇA ?
...
AH OUI...

TU VEUX BIEN ME RENDRE UN SERVICE ?
...
TU POURRAIS ME JOUER UNE MUSIQUE DE FOND ?
OUI, SI TU VEUX.
QU'EST-CE QUI TE FERAIT PLAISIR ?
VOYONS VOIR...
LA SCÈNE QUE J'ÉCRIS EN CE MOMENT EST PLUTÔT ROMANTIQUE...
ALORS JOUE-MOI UN AIR DE CIRCONSTANCE...
TRÈS BIEN...

Épisode 1
ORDINARY LIFE

UN QUOTIDIEN ORDINAIRE

コン TOC
コン TOC
KUROE, JE PEUX TE DEMANDER QUELQUE CHOSE ?
カチャ KACHANG
IL DEVAIT ÊTRE FATIGUÉ...
HMM... JE FERAIS PEUT-ÊTRE MIEUX DE LE RÉVEILLER ?
IL RISQUE DE NE PAS RENDRE SON TEXTE DANS LES TEMPS...

COMMENT FAIRE...
...
ALLEZ, SOYEZ UN PEU PLUS COMPRÉHENSIF, MONSIEUR.
DOKANG
GWASU
URGH...
GURGH !
APRÈS TOUT, VOUS AVEZ DÉFORMÉ LE VISAGE DE CETTE PAUVRE FILLE EN LA ROUANT DE COUPS...
AA... AH...
C'EST BON... ARRÊTEZ.
ZOUIT
ALORS PROMETTEZ-MOI DE NE PLUS JAMAIS L'APPROCHER, VOUS VOULEZ BIEN ?
AAAH !
JE VOUS LE DEMANDE...

GOF!!
DU FOND DU CŒUR !
GU... RGH...
HMM...
J'AI BEAU VOUS SUPPLIER, VOUS REFUSEZ TOUJOURS DE FAIRE PREUVE DE BON SENS, MONSIEUR ?
PEUT-ÊTRE QUE MES SUPPLICATIONS NE VOUS SEMBLENT PAS ASSEZ SINCÈRES ?
J'AI...
J'AI COMPRIS !!
SI !! JE ME SUIS TROMPÉ... J'AI BIEN COMPRIS ! JE NE L'APPROCHERAI PLUS JAMAIS !!
COMME JE NE VOUS AI VISIBLEMENT PAS CONVAINCU, JE VAIS VOUS SUPPLIER DU PLUS PROFOND DE MON ÊTRE.
N... NON !!! JE SUIS DÉSOLÉ. JE VOUS JURE !! JE NE L'APPROCHERAI PLUS JAMAIS !!
À L'AIDE !!

EH !
REGARDEZ, LA DEMOISELLE LÀ-BAS VOUS A APPELÉ.
NON, C'EST À TOI QUE JE PARLE, SLY.
...
PAF
BONSOIR, MADEMOI-SELLE MISAKI...
VOUS ÊTES TOUJOURS AUSSI RAVIS-SANTE.
MERCI... ET TOI, TOUJOURS AUSSI BI-ZARREMENT HABILLÉ...
TROP AIMABLE.

OUH...
N'OUBLIEZ PAS, MONSIEUR, JE VOUS AI À L'ŒIL...
QU'EST-CE QUI VOUS AMÈNE ICI, MADEMOISELLE ?
MONSIEUR KUROE N'EST PAS AVEC VOUS ?
KUROE TRAVAILLE...
ET C'EST MOI QUI LE REMPLACE AUJOURD'HUI.
VOUS LE REMPLACEZ ?
OH... CELUI-LÀ, IL A VRAIMENT UNE TÊTE DE DÉLINQUANT. C'EST UN SALE TYPE, AUCUN DOUTE.
C'EST UN JUNKIE DE PREMIÈRE, ET IL A L'AIR DE TRAÎNER UN VILAIN LUMBAGO... À VUE DE NEZ, JE DIRAIS QU'IL A DÉJÀ TUÉ AU MOINS 15 PERSONNES.
MAIS NON !
C'EST UN CHAT QUI S'APPELLE JACKY.
HMMM
POURQUOI TU FAIS CETTE TÊTE...
UN CHAT, VOUS AVEZ DIT...
FOUIT
POUR ÇA.
IL EST ÉNERVANT...
TU NE SAIS RIEN À SON SUJET ?

* ENVIRON 225 EUROS, NDT.

JE LE DIRAI À KUROE...
QUE TU M'AS DEMANDÉ UN PRIX EXORBITANT POUR TES INFORMATIONS.
MAINTENANT QUE J'Y PENSE, J'EN AI VU UN DANS LA GALERIE MARCHANDE DE LA BAIE.
MERCI, AU REVOIR.
EN TOUT CAS, MADEMOISELLE...
JE NE VOUS FÉLICITE PAS. SORTIR SEULE À UNE HEURE PAREILLE, ALORS QUE LE SOLEIL VA BIENTÔT SE LEVER...
MONSIEUR KUROE EST-IL AU COURANT ?
!
MADEMOISELLE ?
...

DRILING
MMM...
DRILING
AH...
OH NON, JE ME SUIS ASSOUPI...
!!
C'EST DÉJÀ LE MATIN...
ET PAS QU'UN PEU...
ZLOUM
!
MISAKI ?
DRILING
AH, LE TÉLÉ-PHONE...

MISAKI...
ELLE EST DÉJÀ ALLÉE SE COUCHER ?
DRILILING
DRIIIIING
DRILILI
LING
À BIEN Y RÉFLÉCHIR...

DANS UN ENDROIT SI VASTE...
CE N'EST VRAIMENT PAS POSSIBLE DE TROUVER UN CHAT...
JE POURRAIS DEMANDER AUX GENS, MAIS SI TÔT LE MATIN, IL N'Y A PERSONNE...
J'AURAIS DÛ FORCER SLY À VENIR M'AIDER...
!!!
!!

ELLE M'A DIT QUE VOUS LUI AVIEZ DEMANDÉ DE CHERCHER UN CHAT.
QUOI ?
MAIS QU'EST-CE QU'ELLE EST ALLÉE FAIRE LÀ-BAS ?!
ET MAINTENANT, LES INFORMATIONS DU MATIN.
DANS LA GALERIE MARCHANDE ?!
D'AILLEURS...
OUI, MAIS CE N'EST PAS SUR MOI QU'IL FAUT HURLER...
MAIS PAS DU TOUT !!
LES ATTAQUES DE PASSANTS AUX ABORDS DE LA GALERIE MARCHANDE DE LA BAIE SE POURSUIVENT.
LA POLICE RENFORCE SA VIGILANCE ET PENSE QU'IL S'AGIRAIT TOUJOURS DU MÊME AGRESSEUR.
JE PENSE QUE VOUS LE SAVEZ DÉJÀ, MAIS CE COIN-LÀ N'EST PAS TRÈS SÛR, CES DERNIERS TEMPS.
ALLEZ VITE LA CHERCHER AVANT QU'ELLE NE FASSE UNE MAUVAISE RENCONTRE.
EN TOUT CAS, JE NE VOUS FÉLICITE PAS... LA LAISSER SORTIR SEULE À UNE HEURE PAREILLE.

キッ
CRIC
キッ
CRIC
HUF...
HUF...

TU ES PLUTÔT AGILE DANS TON GENRE...
MAIS JE TE PRÉVIENS, N'ESSAIE PAS DE FILER.
TOUT CE QUE JE VEUX, C'EST TE RAMENER CHEZ TON MAÎTRE.
ALORS, RESTE TRANQUILLE, PAS DE BLAGUES !
TAP
LAISSE-MOI T'ATTRAP...
GOCHING
...
POM

GRRRR...
RRRR
ZWOUIT
ZWOUIT
URGH...
IL ME RIDICULISE COMPLÈTEMENT !!
ESPÈCE DE...
TAP
BON SANG, OÙ EST-ELLE ?!

HAN...
TU TE DÉBROUILLES PAS MAL... BALADER UN VAMPIRE COMME ÇA...
ぜーっ
ぜーっ
ぜーっ
HEEE
ぜーっ
HIIII
MAIS FINI DE RIRE.
ポ
POF
JE PASSE AUX CHOSES SÉRIEUSES, ALORS PRÉPARE-TOI !
HEIN ?

GRRRR...
RRRR
IL ME RIDICULISE COMPLÈTEMENT !!
ZWOUIT
ZWOUIT
ESPÈCE DE...
URGH...
TAP
BON SANG, OÙ EST-ELLE ?!

HAN...
TU TE DÉBROUILLES PAS MAL... BALADER UN VAMPIRE COMME ÇA...
MAIS FINI DE RIRE.
POF
JE PASSE AUX CHOSES SÉRIEUSES, ALORS PRÉPARE-TOI !
HEIN ?

YAAAAAAH !!
!!
MISAKI ?!
NOOON !!
!!

MISAKI...
ÇA VA ?!

LA POLICE ?
OUI, CES DERNIERS TEMPS, IL Y A EU BEAUCOUP D'AGRES-SIONS DANS LES ENVIRONS, ALORS ON OUVRE L'ŒIL.
TU ES SEULE ?
O... OUI.
POLICE
HMM... TU VAS À L'ÉCOLE ? JE TROUVE QU'IL EST BIEN TÔT POUR ALLER EN CLASSE...
TU NE FERAIS PAS UNE FUGUE, PAR HASARD ?!
NON... PAS DU TOUT !!
INSPECTEUR, ELLE EST SUSPECTE. C'EST UNE FUGUE, C'EST SÛR...
HMM...
POUR L'INSTANT, ON VA DÉJÀ REMONTER ENSEMBLE.
C'EST TROP DANGEREUX ICI.
RE... REMONTER ? VOUS VOULEZ DIRE ALLER DEHORS ?!
BAH, SI ON REMONTE, ON SE RE-TROUVERA DEHORS, OUI... POURQUOI ?
EUH...

?!
AH...
EUH...
TIENS ?!
MER... MERCI BEAUCOUP !
AH... CE N'EST RIEN...
LÂCHEZ-MOI !!
AH !
DÉSOLÉ, JE DOIS Y ALLER !!
A... ATTENDEZ !!
URGH...

FLOUT
FLOUT
ATTEN-DEZ...
DITES-MOI AU MOINS VOTRE NOM !
CHOUT
REVIENS, PETITE !!
ON T'A DIT QUE C'ÉTAIT DANGEREUX, ICI !!
ILS SONT COLLANTS !!
VOUS NE POUVEZ PAS LE SAVOIR, MAIS...
POUR MOI, DEHORS, C'EST ENCORE PLUS DANGEREUX !!

AH ?!
DONG
MISAKI !!
KUROE ?!
QU'EST-CE QUE...
REVIENS !!
!!
HEIN ?
KUROE !! PAR ICI !!
HEIN ?! QU'EST-CE QUI SE PASSE ?!

INSPECTEUR !! UN HOMME SUSPECT !!
HMM...
C'EST PEUT-ÊTRE LUI NOTRE AGRESSEUR...
OUI !!
IL EST AVEC LA FILLETTE... IL VEUT LA PRENDRE EN OTAGE ?!
DÉPÊCHONS-NOUS !! IL FAUT LE NEUTRALISER !!
OUI !!
LA POLICE ?!
MAIS QU'EST-CE QUE TU AS FAIT, AU JUSTE ?!
JE N'EN SAIS RIEN !!
J'ÉTAIS SIMPLEMENT EN TRAIN DE CHERCHER LE CHAT !!

ATTENTION À LA FERMETURE DES PORTES.
ARRÊTEZ-VOUS !!
KUROE !! MONTE !!
IL VAUT PEUT-ÊTRE MIEUX LEUR EXPLIQUER...
ÉVITEZ DE MONTER DANS LA RAME EN COURANT.
VITE !!
ATTENDEZ !!
TROP TARD !!

DEMANDE DES RENFORTS !!
ON N'A PLUS LE CHOIX !!
O.K. !!
MERDE !
L'AGRESSEUR DE LA GALERIE EST EN TRAIN DE S'ENFUIR AVEC UNE PETITE FILLE !!
IL NOUS FAUT DES RENFORTS !!
HA...
...
AAAAH !
JE ME SUIS BIEN AMUSÉE !!
ON DIRAIT QU'IL Y A UN ÉNORME MALENTENDU, NON ?
OUI, MAIS IL SERAIT TROP DIFFICILE D'EXPLIQUER NOTRE RELATION À CES INSPECTEURS...

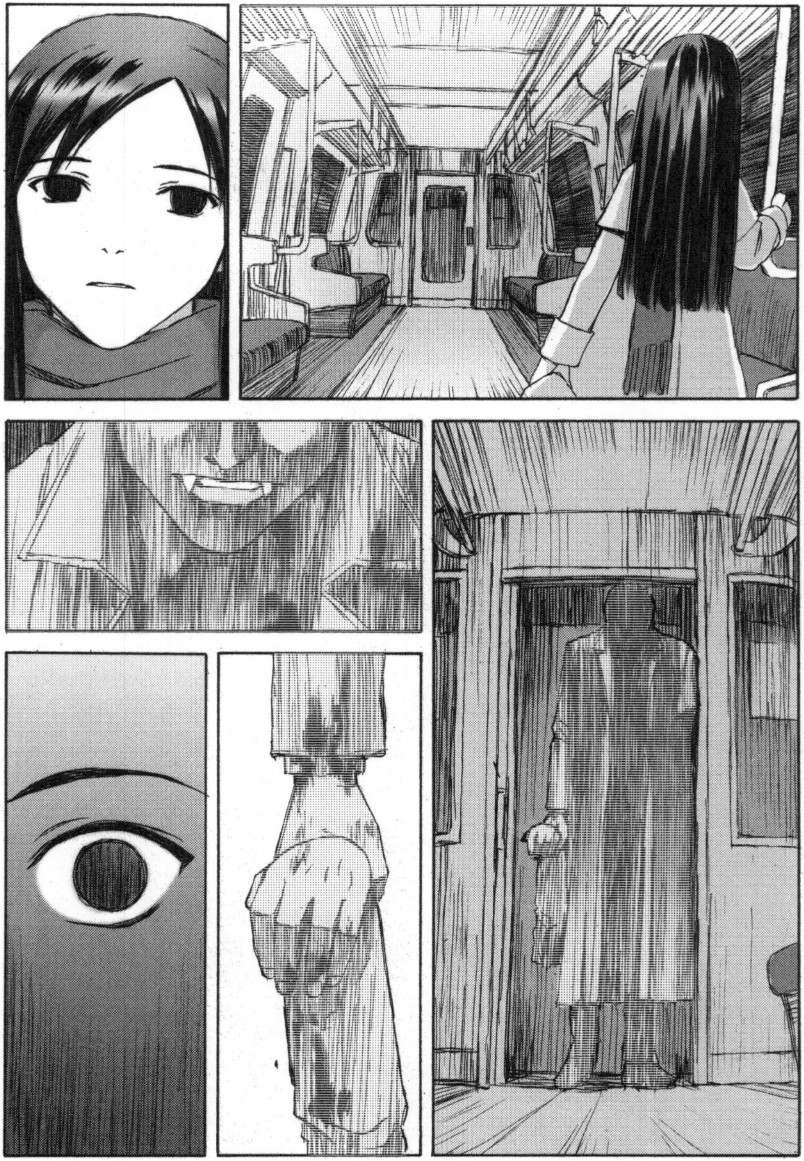

NON...
MISAKI ?
MISAKI !!
ARRÊ-TEZ...
NOOOOOOON !!

C'EST UNE ILLUSION, CE N'EST PAS LUI...
JE SERAI... TOUJOURS PRÈS DE TOI...
JE NE LAISSERAI PLUS JAMAIS UNE CHOSE PAREILLE T'ARRIVER...

GUGU
ギュ
HAN...
MISAKI ?
OUI...
ÇA VA MIEUX...
MERCI...
KUROE...

AAAH...
SI SEULEMENT CES POLICIERS NE M'AVAIENT PAS GÊNÉE, J'AURAIS PU LE CAPTURER...
NON, PAS DU TOUT...
C'EST MOI, JE SUIS DÉSOLÉ DE NE PAS VOUS AVOIR ÉTÉ UTILE.
SI VOUS AVEZ À NOUVEAU BESOIN DE MES SERVICES, N'HÉSITEZ PAS...
OUI, AU REVOIR...
TCHING
OH LÀ LÀ...
SSSS
QU'EST-CE QU'IL Y A ?
ON VIENT DE ME DIRE QUE LE MATOU A ÉTÉ RETROUVÉ...
HEIN ?!
MAIS ALORS CELUI QUE JE POURSUIVAIS...
C'ÉTAIT UN AUTRE CHAT...

FOOO
OOOH
FINALEMENT, JE ME SUIS FATIGUÉE POUR RIEN...
FROOH
WAAARGH
MOI AUSSI, J'AI TROP COURU AUJOURD'HUI, JE SUIS ÉPUISÉ...
DÉSOLÉE...
JE T'AI CAUSÉ DU SOUCI.
KATCHING
JE NE VEUX PLUS QUE TU REFASSES LA BÊTISE DE SORTIR DEHORS ALORS QUE LE JOUR EST DÉJÀ LEVÉ.
D'ACCORD...
MAIS...
C'ÉTAIT GENTIL DE VOULOIR M'AIDER...

TU PARLES, CE N'ÉTAIT MÊME PAS LE CHAT QU'ON CHERCHAIT...
FROOH...
OUI, MAIS LE BON A AUSSI ÉTÉ RETROUVÉ. ALORS, LE RÉSULTAT EST LE MÊME !
EN PARLANT DU CHAT DE LA GALERIE MARCHANDE, IL ME SEMBLE QUE SLY...
DRILING
DRILING
GATCHANG
OUI...
BONJOUR, KUROE !
JE VOUS APPELLE À PROPOS DU MANUSCRIT QUE NOUS DEVIONS RECEVOIR AUJOURD'HUI...
OÙ EN ÊTES-VOUS ?
AAAH
AAAAAAAH !!
JE SUIS DÉSOLÉ, JE SUIS DÉSOLÉ, JE SUIS DÉ-SOLÉ, JE SUIS...
EUUH
BON...
JE CROIS QIE JE VAIS ALLER ME COUCHER, MAINTENANT...
ÇA SENT LE ROUSSI...
...

EUH, KUROE...
KLING
BON COURAGE POUR TON TRAVAIL ! ♥
BONNE NUIT !
TAP
TAP
KUROE ? VOUS ÊTES TOUJOURS LÀ ?
EUH, OUI...
SALUT LARRY.
TU AS L'AIR DE TRÈS BONNE HUMEUR AUJOURD'HUI...
HMM ?
TU T'ES AMUSÉ À TAQUINER LA GAMINE ?
C'EST BIEN, MON PETIT...
TAP
TAP

Épisode 2

LIVING THROUGH THE TWILIGHT

VIVRE AU CRÉPUSCULE

CES DERNIERS TEMPS, J'AI L'IMPRESSION DE NE CROISER QUE DES RUSTRES SANS ÉDUCATION...
PAS UNE ONCE DE POLITESSE OU DE TACT, ALORS...
HIGURE...

VOTRE DISCUSSION A L'AIR INTÉRESSANTE...
VOUS PARLEZ CINÉMA ?
OUI... ON VA DIRE QUE C'EST ÇA...
JE DOIS TE LAISSER MAINTENANT.
TU REVIENDRAS DEMAIN SOIR ?
BIEN SÛR.
HMM...

...
POTAM
HMM ?
CE N'EST PAS LE MÊME QUE LA DERNIÈRE FOIS...
AH BON ?
C'EST LA PREMIÈRE FOIS QUE TU LE VOIS ?

C'EST UN DE MES RENFIELDS.
UN RENFIELD...
QU'EN DIS-TU, IL EST PLUTÔT BEAU GARÇON, NON ?
JE NE SAIS PAS TROP...
CE N'EST PAS VRAIMENT MON GENRE...
C'EST VRAI QUE...
PAR RAPPORT AU TIEN, IL N'EST PEUT-ÊTRE PAS SI TERRIBLE...

LE MIEN ?
NE FAIS PAS L'INNOCENTE.
TU EN AS BIEN UN QUI S'APPELLE KUROE, NON ?
C'EST VRAI QU'IL EST PAS MAL...
SI L'OCCASION SE PRÉSENTE, J'AIMERAIS BIEN PASSER UN MOMENT AVEC LUI...
ARRÊTE...
JE PLAISANTE. NE FAIS PAS CETTE TÊTE...
JE NE SUIS PAS ÉGOÏSTE AU POINT DE TOUCHER AU BIEN D'AUTRUI...
PUISQUE JE TE DIS QUE CE N'EST PAS ÇA !!
QUOI ?
BEN...

KUROE N'EST PAS MON RENFIELD.
SI CE N'EST PAS TON RENFIELD, QU'EST-CE QUE C'EST ?
C'EST...
?
KUROE EST... EUH...
MON AMI...

TON AMI, TU DIS...
EN PLUS...
JE N'AIME PAS TROP LES RENFIELDS.
...
TU DOIS TROUVER ÇA RIDICULE DE VOIR UN VAMPIRE DÉVELOPPER DES SENTIMENTS AMOUREUX POUR UN ESCLAVE...
!
CE N'EST PAS CE QUE JE VOULAIS DIRE...
JE LE SAIS TRÈS BIEN.

*NAISSANCE D'UN VAMPIRE, NDT.

CE QUI EST DUR...
C'EST DE VOIR TOUT LE MONDE PARTIR AVANT MOI.
LES HOMMES FINISSENT TOUS PAR MOURIR.
TANT QUE NOUS SERONS DES VAMPIRES, IL NOUS SERA IMPOSSIBLE DE VIVRE AU MÊME RYTHME QU'EUX...
QUEL QUE SOIT L'AMOUR QUE TU POR-TES À UNE PERSONNE...
C'EST ÉTRANGE...
CE N'EST PAS DANS MES HABITUDES D'ABORDER CE GENRE DE SUJET...
OUBLIE TOUT CE QUE J'AI DIT.
DÉSOLÉ...

DONC, SI J'AI BIEN COM-PRIS...
CET HOM-ME N'EST PAS TON RENFIELD...
CE QUI VEUT DIRE QUE SI JE LE SÉDUIS, IL N'Y AURA PAS DE PROBLÈME...
DOMMAGE POUR TOI, MAIS KUROE N'A PAS CE GENRE DE TENDANCES.
QUAND JE PLONGERAI MON REGARD DANS LE SIEN, IL CHANGERA D'AVIS...
TU AURAS BEAU LE REGARDER, ÇA NE CHANGERA RIEN.
JE VOIS... TU N'AS PAS ENCORE DÉCOUVERT CE DON...
?

ÇA S'AP-PELLE...
LE FARMEC...
LE FARMEC ?
C'EST UN DON QUI PERMET AUX VAMPIRES DE MANIPULER LES HUMAINS PAR LE REGARD...
SI TU VEUX, JE VAIS TE L'ENSEIGNER. TU DEVRAIS Y ARRIVER, TOI AUSSI...

TU PARLES DE "MANIPULER"... AU FOND, C'EST LA MÊME CHOSE QU'AVEC LES RENFIELDS...
C'EST COMPLÈTEMENT DIFFÉRENT.
UN RENFIELD, C'EST UN HUMAIN QUI DEVIENT SEMI-IMMORTEL EN BUVANT LE SANG D'UN VAMPIRE...
ET QUI EST CONTRAINT D'OBÉIR AU VAMPIRE QUI LUI A DONNÉ SON SANG.
ALORS QUE LE FARMEC NE PERMET DE MANIPULER UNE PERSONNE QUE TEMPORAIREMENT.
MAIS...
MOI, JE N'AI PAS BESOIN DE ÇA...
NE SOIS PAS SI RIGIDE. ÇA NE TE COÛTERA RIEN D'APPRENDRE À T'EN SERVIR...

GRALANG
TIENS ?
QU'Y A-T-IL ?
EH BIEN...
JE ME DEMANDE POURQUOI CETTE PETITE FILLE N'EST PAS DESCEN-DUE...
BEN, ELLE DOIT JUSTE ALLER À L'ÉTA-GE SUPÉRIEUR, NON ?
NON, ON EST AU DERNIER ÉTAGE...
IL N'Y A RIEN AU-DESSUS...

ÇA PEUT TE PARAÎTRE GRAVE QUAND JE PARLE DE MANIPULATION, MAIS...
C'EST COMME ÇA QUE ÇA MARCHE CHEZ LES HUMAINS, NON ?
ILS PEUVENT TOMBER AMOUREUX D'UN REGARD...
C'EST TOI ?
CELUI DES VAMPIRES EST JUSTE UN PEU PLUS CONVAINCANT QUE CELUI DES HUMAINS, C'EST TOUT.
OUI...

QU'EST-CE QU'IL Y A ?
QUOI ?
NE BOUGE PAS, S'IL TE PLAÎT...
IL A RAISON... JE PEUX BIEN ESSAYER UNE FOIS...
?

C'EST TRÈS FACILE À FAIRE.
TU REGARDES TA CIBLE DROIT DANS LES YEUX...
ET TU LUI ORDONNES DE T'OBÉIR...
!
ÇA A... MARCHÉ ?
BON...
QU'EST-CE QUE JE VAIS TESTER...

!
AH !
J'AI ENVIE...
DE MANGER QUELQUE CHOSE DE SUCRÉ TOUT D'UN COUP...
...

SLUT
!
VOILÀ.
!!
ÇA... ÇA MARCHE ?!

QU'EST-CE QUE JE VAIS FAIRE ?!
ÇA SEMBLE VRAIMENT MARCHER...
MAIS... SI JE N'ESSAIE PAS AUTRE CHOSE, JE NE POURRAI PAS EN ÊTRE CERTAINE...
QUELQUE CHOSE QU'IL N'ACCEPTERAIT JAMAIS DE FAIRE D'HABITUDE, PAR EXEMPLE...
K...
KUROE !!
OUI ?
AH...
EUH...
UN...

UN BISOU...
FAIS-MOI UN BISOU !
TRÈS BIEN.
HEIN ?!

C'EST PAS VRAI ?! SI FACILEMENT ?!
AH...
MISAKI...
HEIN ?!
WAAAH !!
K... KUROE... J'AI CHANGÉ D'AVIS, ATTENDS !!

IDIOTE.
LES CHARMES ET LES TOURS DE MAGIE NE SONT PAS EFFICA-CES SUR MES YEUX.
...

MAIS QU'EST-CE QUI T'A PRIS DE ME DEMANDER ÇA...
AH !!
AAAAAAH !!
JE ME SUIS FAIT AVOIR !!

Épisode 3
SOUL SLAVE Part 1

ESCLAVE DE L'ÂME

QUEL DOMMAGE...
POURQUOI PRENDRE CETTE DÉCISION MAINTENANT ?
L'ISSUE POURRAIT ÊTRE DIFFÉRENTE SI VOUS ACCEPTIEZ DE POURSUIVRE LE PROCÈS...
CE N'EST PAS GRAVE, MAÎTRE MORIYAMA...
J'AI TUÉ TROP DE GENS...
C'EST LA CONSÉQUENCE LOGIQUE DE MES ACTES.
VOUS VOUS TROMPEZ.
LES MÉFAITS QUE VOUS AVEZ COMMIS NE JUSTIFIENT PAS QUE LE PAYS VOUS CONDAMNE À M...
MAÎTRE...

MAÎTRE, JE SUIS DÉSOLÉ D'AVOIR TERNI VOTRE CARRIÈRE D'AVOCAT.
CE N'EST PAS...
MAIS...
JE PRENDS PLAISIR À TUER...
ET TANT QUE JE VIVRAI, JE CONTINUERAI SÛREMENT...
ON NE POURRA PAS M'EN EMPÊCHER.
MAIS C'EST JUSTEMENT POUR ÇA QU'ON NE DEVRAIT PAS VOUS CONDAM-NER À MORT.
VOUS N'ÊTES PAS NORMAL.
LA SOCIÉTÉ QUI VOUS A FAIT TEL QUE VOUS ÊTES A UNE PART DE RESPONSABI-LITÉ...
VOUS ÊTES QUELQU'UN DE BIEN...

SI JE POUVAIS RESSUSCITER...
J'AIMERAIS REVENIR DANS LE CORPS D'UN HOMME COMME VOUS...
MAÎTRE MORIYAMA, C'EST L'HEURE DE L'EXÉCUTION, VOUS DEVEZ QUITTER LA PIÈCE.
TRÈS BIEN...
C'EST LÀ QUE NOS CHEMINS SE SÉPARENT.
MAÎTRE.
J'AI UNE DERNIÈRE FAVEUR À VOUS DEMANDER...
J'ESPÈRE QUE VOUS VOUDREZ BIEN Y ACCÉDER...

HEURE DU DÉCÈS : 16 H 37.
PFF... ÇA PARAÎT TELLEMENT SIMPLE...
OUI... AVEC LES INJECTIONS MORTELLES, MAINTENANT, LES CONDAMNÉS NE RESSENTENT PLUS AUCUNE DOULEUR.
C'EST TOUT CE QUE NOTRE PAYS A TROUVÉ POUR S'AFFRANCHIR DE SON SENTIMENT DE CULPABILITÉ VIS-À-VIS DE LA PEINE DE MORT ?
C'EST...
C'EST UN MEURTRE DE SANG-FROID, NI PLUS NI MOINS...
ET VOUS Y AVEZ PARTICIPÉ.
ÉCOUTEZ BIEN. LE FAIT MÊME DE L'AVOIR CONDAMNÉ À MORT EST UNE ERREUR.
SI LE PROCÈS AVAIT CONTINUÉ, NOUS AURIONS FINI PAR GAGNER À CE PETIT JEU, C'EST UNE CERTITUDE...

UN JEU, VOUS DITES ?
C'EST VRAI QU'EN VOYANT VOTRE COMPORTEMENT... ON A L'IMPRESSION DE VOIR UN GAMIN QUI A PERDU LA PARTIE ET QUI FAIT SON ENFANT GÂTÉ..
POUR VOUS, LA MORT DE CET HOMME NE SIGNIFIE QU'UNE CHOSE : UNE PARTIE PERDUE.
ET SES VICTIMES, QUE REPRÉSENTENT-ELLES POUR VOUS ? UNE SORTE DE SCORE DANS VOTRE PETIT JEU ?
QU'EST-CE QUE VOUS RECHERCHEZ DANS TOUT ÇA ?
L'IMPARTIALITÉ ET L'ÉGALITÉ ? LA LIBERTÉ ET LA JUSTICE ?
OU BIEN LA FORTUNE ET LA RENOMMÉE ?
...
JE N'AGIS QU'EN ME BASANT SUR LES TEXTES JURIDIQUES.
JE NE ME LAISSE PAS DOMINER PAR CES SENTIMENTS RIDICULES.
ET VOUS ÊTES ?

SAINOME, DU LABORATOIRE DE LA POLICE SCIENTIFIQUE.
DÉSOLÉE, MAIS J'AI DU TRAVAIL.
...
QUE FAIT UN MEMBRE DE LA POLICE SCIENTIFIQUE ICI ?
EUH, ON M'A DIT QU'ELLE VOULAIT VOIR LE CORPS DU CONDAMNÉ À MORT...
LE CORPS ?

KUROE...
S'IL TE PLAÎT, KUROE...
MMMH...
LAISSE-MOI... DORMIR ENCORE UN PEU.
PFF...
...
AÏE !!

TU MORDS, MAINTENANT ?
RASSURE-TOI, JE NE T'AI PAS SUCÉ LE SANG.
CE N'EST PAS LA QUESTION ...
JE N'AURAIS JAMAIS L'INDÉCENCE DE PRÉLEVER DIRECTEMENT LE SANG D'UN HOMME À SON COU.
JE NE BOIS QU'AVEC UN VERRE.
JE VAIS PRENDRE UNE DOUCHE...
NE T'INQUIÈTE PAS, JE N'AI PAS OUBLIÉ QU'ON SORTAIT SE PROMENER AUJOURD'HUI.

AH, ÇA M'ÉTONNE DE TOI...
CES DERNIERS TEMPS, TU DEVIENS UN PEU SÉNILE AVEC L'ÂGE, ALORS J'AVAIS PEUR QUE ÇA TE SOIT SORTI DE LA TÊTE...
HÉ, HÉ !
J'AVAIS DÉJÀ DÉCIDÉ AVANT D'ALLER ME COUCHER !
ÇA FAIT LONGTEMPS QU'ON N'EST PAS SORTIS, ALORS JE NE COMMETTRAI AUCUN FAUX PAS.
...
ON PART DÈS QUE JE SORS DE LA DOUCHE, ALORS PRÉ-PARE-TOI.
SI TU METS UNE HEURE À CHOISIR CE QUE TU VAS PORTER, JE T'ABANDONNE ICI !
パタ
POTANG
ピーンポーン
PIN
PON

ELLE A ENFIN RETROUVÉ LE SOURIRE...
COMME AVANT... QUAND JE L'AI CONNUE...

BONSOIR.
SAINOME...
QU'EST-CE QUE C'EST QUE CETTE TENUE ?
QU'Y A-T-IL DE SI URGENT ?
DÉSOLÉE POUR CETTE VISITE IMPROMPTUE.
J'AIMERAIS QUE TU JETTES UN COUP D'ŒIL SUR QUELQUE CHOSE POUR MOI.

TU N'AS PAS ASSEZ DORMI...
JE NE SUIS PAS D'HUMEUR À ÉCOUTER TES SERMONS.
JE VAIS DORMIR UN PEU...
RÉVEILLE-MOI QUAND ON SERA ARRIVÉS.
J'AI L'IMPRESSION D'ÊTRE DE TROP...
HEIN ?
NON, JE PARLAIS TOUTE SEULE.

ATTENDS ICI SAGEMENT, JE REVIENS TOUT DE SUITE.
JE NE VAIS PAS M'ENVOLER.
DÉSOLÉE, JE TE L'EMPRUNTE UN PEU.
JE SUIS MAL TOMBÉE, ON DIRAIT...
HMM ?
D'AILLEURS, SI TU ES LIBRE APRÈS, TU PEUX TE JOINDRE À NOUS.
TU AVAIS PRÉVU DE T'OCCUPER DE MISAKI, NON ?
OUI... ÇA FAISAIT LONGTEMPS QUE NOUS N'ÉTIONS PAS ALLÉS MANGER DEHORS.
NON, MERCI. JE NE VEUX PAS JOUER DAVANTAGE LE RÔLE DE LA GÊNEUSE.
MISAKI SERAIT RAVIE QUE TU VIENNES, J'EN SUIS SÛR.
ÇA, J'EN DOUTE FORT.

CE QU'ELLE VEUT, C'EST PASSER DU TEMPS SEULE AVEC TOI.
TU CROIS ?
...
ヒュウウウ
ZOOOOOOHHHHH
ÉVIDEMMENT.
TOUJOURS AUSSI LARGUÉ...
QU'EST-CE QU'IL Y A ?
NON, JE ME DISAIS JUSTE QUE TU AS L'AIR BEAUCOUP PLUS DÉTENDU QU'AVANT...
TU TROUVES ?
À UNE ÉPOQUE, TU FAISAIS PEUR À VOIR...
C'EST PEUT-ÊTRE GRÂCE À ELLE ?
OUI, TU AS RAISON...

TU RECHERCHES TOUJOURS...
LE MEURTRIER DE TA GRANDE SŒUR ?
OUI...
CE VAMPIRE...
JE NE PEUX PAS...
RENONCER À LE RETROUVER...
QUI A TUÉ MA GRANDE SŒUR ET LE PÈRE DE MISAKI...
ET QUI A PRIVÉ MISAKI DE LA LUMIÈRE.

L'ADEVARAAT KREI, "L'ŒIL DE LA VÉRITÉ" ...
GRANDE SOEUR ?!

HEIN ?!
QU...
QU'EST-CE QUE TU FAIS À MA SŒUR ?!
WOUBASH

GHH...
GRANDE... SŒUR...
GRANDE SŒUR !!
C'ÉTAIT LA DERNIÈRE FOIS QUE JE VOYAIS MA SŒUR...
ET QUAND LA BLESSURE QUE CE VAMPIRE M'AVAIT FAITE AUX YEUX A GUÉRI...
JE ME SUIS APERÇU QUE JE POUVAIS VOIR DES CHOSES ÉTRANGES.

UN TUEUR EN SÉRIE, HEIN...
IL N'EN A PAS L'AIR.
C'ÉTAIT UN ANCIEN INSPECTEUR, C'EST ÇA ?
OUI, TU AS UNE BONNE MÉMOIRE...
ET QU'EST-CE QUE JE SUIS CENSÉ FAIRE ?
JE VEUX QUE TU REGARDES...
AVEC TES YEUX, S'IL N'Y A PAS QUELQUE CHOSE QUI CLOCHE.
QUELQUE CHOSE QUI CLOCHE...

ALORS ?
RIEN...
C'EST UN CADAVRE... NI PLUS, NI MOINS.
JE VOIS.
MERCI POUR TON AIDE...
C'EST TOUT ?
LES CADAVRES, C'EST TA SPÉCIALITÉ, NON ? POURQUOI T'ADRESSER À MOI ?
IL Y A QUELQUE CHOSE QUI T'INTRIGUE ?
...

JE NE SAIS PAS SI TU T'EN SOUVIENS...
MAIS IL Y A EU UNE AFFAIRE SIMILAIRE DE MEURTRES EN SÉRIE, IL Y A 10 ANS DE ÇA...
IL Y A 10 ANS...
MAINTENANT QUE TU ME LE DIS... ON N'A PAS PU LA RÉSOUDRE À CAUSE DE LA MORT DU SUSPECT PRINCIPAL, C'EST ÇA ?
OUI, C'EST CELLE-LÀ.
SEULEMENT, CE N'EST PAS LE SUSPECT QUI EST MORT, MAIS LE TÉMOIN PRINCIPAL.
DE QUOI EST-IL MORT ? UN ACCIDENT ?
SUICIDE... PENDANT SON INTERROGATOIRE AU COMMISSARIAT DE POLICE.
ET...
LE JEUNE INSPECTEUR QUI ÉTAIT CHARGÉ DE CET INTERROGATOIRE...

!
EST ÉTENDU SOUS TES YEUX EN CE MOMENT.
AVEC LA MORT DE L'AUTEUR PRÉSUMÉ DE CES ASSASSINATS, ON A PENSÉ QUE C'ÉTAIT LA FIN DE CES MEURTRES EN SÉRIE, MAIS...
VOUS VOUS TROMPIEZ ?
OUI. DE NOUVEAUX CRIMES ONT ÉTÉ COMMIS.
IL Y AVAIT BEAUCOUP DE POINTS COMMUNS ENTRE LES DEUX SÉRIES DE MEURTRES...
L'ENQUÊTE S'EST HEURTÉE À DES DIFFICULTÉS ET NOUS N'AVONS PU ARRÊTER LE MALFAITEUR QU'APRÈS QU'IL AIT FAIT DE NOMBREUSES VICTIMES.
LE CRIMINEL, C'EST DONC CET HOMME...
IL FAISAIT PARTIE DE LA POLICE...
LE SOI-DISANT TÉMOIN PRINCIPAL N'ÉTAIT QU'UNE INVENTION...
L'INSPECTEUR L'AURAIT FAIT DISPARAÎTRE EN FAISANT PASSER SA MORT POUR UN SUICIDE...

C'EST DANS CETTE OPTIQUE QU'ON A DÉCIDÉ D'OUVRIR UNE NOUVELLE ENQUÊTE EN REPRENANT LES ÉLÉMENTS DE L'AFFAIRE PRÉCÉ-DENTE...
MAIS QUAND ON A VOULU CONSULTER LES DOSSIERS DE L'ÉPOQUE, ILS AVAIENT TOUS DISPARU.
ÇA PARAÎT CLAIR...
CET INSPECTEUR ÉTAIT LE VRAI COUPABLE, ET IL A TOUT MANIGANCÉ.
JE PENSE AUSSI...
KOT
SEULE-MENT, IL Y A QUELQUE CHOSE QUI CLOCHE...
!!

MAÎTRE MORIYAMA ?!
LUI-MÊME.
ON M'A DIT QUE MON EX-CLIENT AVAIT ÉTÉ TRANSFÉRÉ ICI...
ALORS JE VOULAIS M'ASSURER QUE SON CORPS ÉTAIT BIEN TRAITÉ.
NE VOUS INQUIÉTEZ PAS. NOUS RESPECTONS LA PROCÉ-DURE.
MAIS CE N'EST PAS UNE DÉMARCHE TRÈS COURANTE, NON ?
KUROE !!
TU N'AS PAS ENCORE FINI ?!
AH... NON, DÉ-SOLÉ...
MERCI, KUROE.
TU PEUX Y ALLER.
ON VERRA ÇA LA PRO-CHAINE FOIS.

QU'Y A-T-IL, KUROE ?
NON, CE N'EST RIEN...
C'EST VRAI QUE TU AS ASSISTÉ À L'EXÉCUTION DE TON CLIENT ?

POURQUOI TU AS PRIS CETTE PEINE POUR UN HOMME PAREIL ?
POUR-QUOI ?
EN UN SENS…
CET HOMME A NUI À TA CARRIÈRE, NON ?
C'EST TOI QUI N'ARRÊTAIS PAS DE LE DIRE…
"S'IL AVAIT FAIT CE QUE JE LUI DISAIS, IL N'AURAIT PAS ÉTÉ CONDAMNÉ À MORT, L'IMBÉCILE"…
…
DIRE QUE TU COMMENÇAIS À ÊTRE CONNU À L'ÉCHELLE NATIONALE.
C'EST VRAI…
MAIS HONNÊTE-MENT…
JE SUIS CONTENTE QU'UN TARÉ PAREIL NE SOIT PLUS DE CE MONDE.

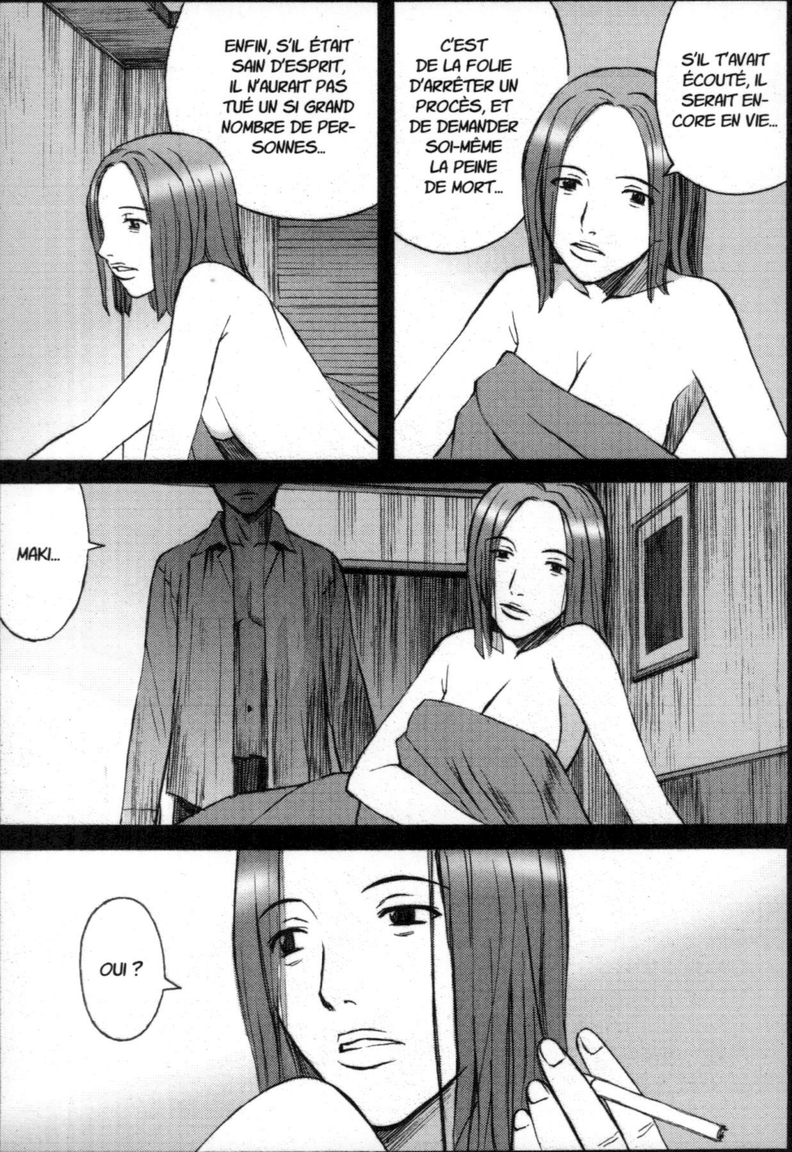
S'IL T'AVAIT ÉCOUTÉ, IL SERAIT ENCORE EN VIE...
C'EST DE LA FOLIE D'ARRÊTER UN PROCÈS, ET DE DEMANDER SOI-MÊME LA PEINE DE MORT...
ENFIN, S'IL ÉTAIT SAIN D'ESPRIT, IL N'AURAIT PAS TUÉ UN SI GRAND NOMBRE DE PERSONNES...
MAKI...
OUI ?

Épisode 4
SOUL SLAVE Part 2

LA VICTIME EST MAKI HAYAKAWA, 28 ANS.
UNE EMPLOYÉE DU CABINET DE CET AVOCAT, MORIYAMA.
LE PROPRIÉTAIRE DU BÂTIMENT A DÉCOUVERT LE CORPS EN FAISANT SA RONDE...
L'IMMEUBLE EST DÉSAFFECTÉ, PERSONNE N'Y VIT DEPUIS UN MOMENT DÉJÀ...
LE DÉCÈS REMONTE À ENVIRON 30 HEURES.

MAIS JE N'AI PAS BESOIN DE LE PRÉCISER À UNE SPÉCIALISTE COMME VOUS...
Mlle SAINOME...
C'EST VRAI QUE LES MEURTRES SE RESSEMBLENT, MAIS JE NE SAIS PAS TROP QUOI PENSER...
À L'ÉPOQUE, LES JOURNALISTES LES ONT DÉCRITS JUSQUE DANS LES MOINDRES DÉTAILS...
CE N'EST PAS QUE JE DOUTE DE CE QUE VOUS DITES, MAIS...
JE PEUX LA VOIR ?
BIEN SÛR.
DÉSOLÉE DE VOUS DEMANDER ÇA...
C'EST LA MOINDRE DES CHOSES, VOUS M'AVEZ DÉJÀ BEAUCOUP AIDÉ.
C'EST RAISONNABLE, CHEF ?
HMM ?
ELLE A BEAU ÊTRE DU LABORATOIRE DE LA POLICE SCIENTIFIQUE, J'AI TOUJOURS DU MAL À ACCEPTER CE GENRE D'INGÉRENCES...

ELLE VA JUSTE JETER UN ŒIL.
OUI, MAIS COMME NOTRE ÉQUIPE SCIENTIFIQUE A DÉJÀ FAIT SON TRAVAIL, JE DOUTE QU'ELLE DÉCOUVRE QUOI QUE CE SOIT.
ET QU'EST-CE QU'ELLE FAIT, AU JUSTE ?
ELLE INTERROGE DIRECTEMENT LA VICTIME.
HEIN ? ELLE VA "INTERROGER" UN CADAVRE ?!
EXACTEMENT...
MLLE SAINOME PEUT LIRE DANS LA MÉMOIRE DES MORTS...
ET CONNAÎTRE LES DÉTAILS D'UN CRIME RESTÉS GRAVÉS DANS UN CADAVRE...

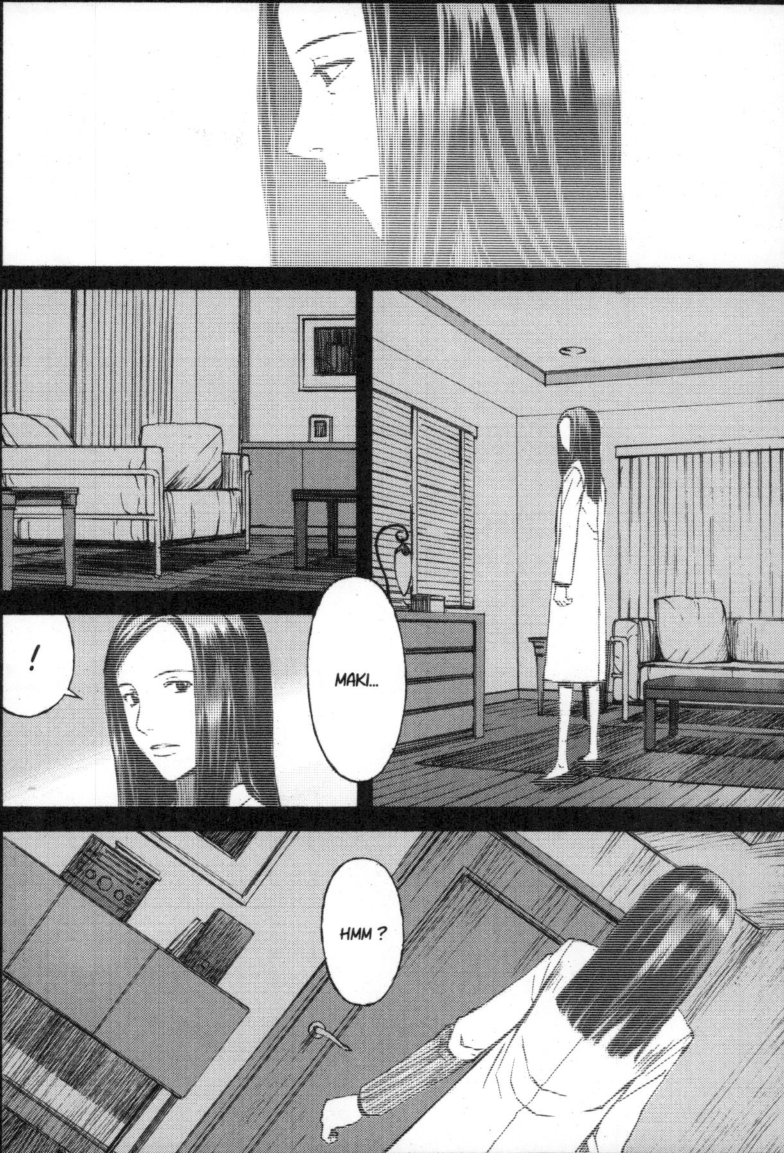
MAKI...
!
HMM ?

BON, JE VAIS Y ALLER.
AH, TU NE RESTES PAS DORMIR ?
NON...
MA FEMME POSE BEAUCOUP DE QUESTIONS CES DERNIERS TEMPS...
HI HI... TU N'AS PAS L'AIR D'EN MENER LARGE DEVANT ELLE...
BONNE NUIT.

!!
MAÎTRE MORIYAMA !!
MOI, JE N'Y CROIS PAS À TOUS CES TRUCS OCCULTES...
C'EST PARCE QUE TU NE L'AS JAMAIS VUE FAIRE.
QUAND ELLE FAISAIT PARTIE DE NOTRE ÉQUIPE SCIENTIFIQUE, ELLE NOUS A SAUVÉ LA MISE PLUS D'UNE FOIS...
SON APPARTEMENT... ELLE VIT SEULE...

IL N'Y A PERSONNE D'AUTRE, ON DIRAIT...
ガチャ
GACHANG
QUI EST-CE ?
カチャ
KATCHA
ÇA VENAIT DU VESTIBULE ? QUELQU'UN EST ENTRÉ ?!
C'EST TOI ?
MAÎTRE MORIYAMA ?!
OU BIEN...
!!
ZUT !!
IL NE ME RESTE PLUS BEAUCOUP DE TEMPS !!

PAS TOUT DE SUITE !!
DONNEZ-MOI ENCORE UN PEU DE TEMPS !!
GATANG
QUOI...
DONG
KYAAAH !!!
FOUT

JE VOIS.
MAÎTRE MORIYAMA ÉTAIT CHEZ ELLE...
OUI.
MAIS JE CROYAIS QUE CET AVOCAT ÉTAIT MARIÉ ?
ÇA N'EMPÊCHE RIEN.
OH, JE VOIS...
C'EST DOMMAGE QUE VOUS N'AYEZ PAS PU VOIR LE MALFAITEUR, MAIS L'AFFAIRE VA PEUT-ÊTRE SE DÉNOUER PLUS TÔT QUE PRÉVU.
EN TOUT CAS, CE MORIYAMA CONNAÎT LA FAÇON DE PROCÉDER DU TUEUR, C'EST SÛR...
MAIS JE NE DIRAIS PAS QUE LA MÉTHODE EST EXACTEMENT LA MÊME...
EN PLUS, JE NE SUIS PAS SÛRE QUE CE SOIT LUI QUI SOIT REVENU DANS L'APPARTEMENT DE LA VICTIME...
ÇA, C'EST CE QU'ON VA ESSAYER D'ÉCLAIRCIR ...
LES CORRÉLATIONS, C'EST NOTRE BOULOT !
EST-CE QUE JE POURRAIS INSPECTER L'APPARTEMENT DE LA VICTIME ?
OUI, MAIS VOUS NE POURREZ PASSER QU'APRÈS NOTRE ÉQUIPE...
MERCI BEAUCOUP.
J'AIMERAIS AUSSI QUE VOUS VÉRIFIIEZ QUELQUE CHOSE POUR MOI...

OUI, C'EST BIEN UN MEMBRE DE MON CABINET...
LA DERNIÈRE FOIS QUE JE L'AI VUE...
...
ピンポーン！
DING DONG
OUI ?
QUI EST-CE...

QU'EST-CE QUE TU VEUX...
SCHWOUT
JE T'AI APPORTÉ ÇA.
SA TROISIÈME PART...
JE SUIS HEUREUSE.

JE SUIS SÛR QUE LE CADAVRE DE LA DERNIÈRE FOIS N'AVAIT RIEN D'ANORMAL...
"L'ŒIL DE LA VÉRITÉ"...
LE POUVOIR DE DISCERNER LA VÉRITABLE NATURE DES CHOSES...
OUI...
C'EST UN DON QUE POSSÈDENT CEUX QUI APPARTIENNENT À LA LIGNÉE DE CE VAMPIRE...
C'EST PAR LES BLESSURES QU'IL M'A INFLIGÉES QU'IL M'A TRANSMIS CE POUVOIR...
ON NE PEUT PAS ME TROMPER EN ESSAYANT DE SE FAIRE PASSER POUR MORT...
...

EN CE QUI CONCERNE TON CONDAMNÉ À MORT...
JE PENSE QU'IL N'AVAIT RIEN DE SPÉCIAL... CE N'ÉTAIT NI UN VAMPIRE, NI UN MORT-VIVANT, PAR EXEMPLE...
MAIS ÇA N'A PAS DE RAPPORT AVEC LE MEURTRE DE L'EMPLOYÉE DU CABINET D'AVOCATS, SI ?
REGARDE ÇA...
QU'EST-CE QUE C'EST ?
DES RAPPORTS D'ENQUÊTE SUR PLUSIEURS AFFAIRES DE MEURTRE.
ILS PROVIENNENT TOUS DE CAS NON RÉSOLUS À CAUSE DU DÉCÈS D'UN DES PRINCIPAUX SUSPECTS...
ÇA CONCERNE DES DIZAINES D'AFFAIRES, ET ENCORE, JE N'AI PAS TOUT TROUVÉ.
EN CHERCHANT DAVANTAGE, JE SUIS SÛRE QU'ON PEUT EN DÉNICHER D'AUTRES...
MAIS TU AS LE DROIT DE ME MONTRER ÇA ?
FLAP
EH BIEN...

À PART LA MORT DE L'ASSASSIN, QUELS SONT LES POINTS COMMUNS ENTRE TOUS CES CAS, À TON AVIS ?
JE NE VOIS PAS...
EH BIEN LA PERSONNE PRÉSENTE PAR HASARD LORS DE LA MORT DU MEURTRIER...
COMMET À SON TOUR DES CRIMES AVEC LES MÊMES MÉTHODES.
TOUS CES DOSSIERS CONCERNENT DES AFFAIRES D'HOMICIDE QUI S'ENCHAÎNENT...
ALORS L'HOMME QUI S'EST SUICIDÉ PENDANT L'INTERROGATOIRE DONT TU AS PARLÉ LA DERNIÈRE FOIS...
OUI, JE PENSE QUE CETTE AFFAIRE FAIT PROBABLEMENT PARTIE DE L'ENCHAÎNEMENT...
LES PLUS VIEUX RAPPORTS REMONTENT À PLUS DE 50 ANS...
ÇA A COMMENCÉ BIEN AVANT NOTRE CON-DAMNÉ À MORT.
...
C'EST COMME SI L'ÂME D'UN MÊME MEURTRIER CHANGEAIT DE CORPS...
ET TRAVERSAIT LE TEMPS POUR PERPÉTUER SES FORFAITS...

JE SUIS DE LA POLICE.
AH OUI, ON M'AVAIT PRÉVENU.
VOS COLLÈGUES ONT DÉJÀ FINI LEUR INSPECTION.
C'EST L'AP-PARTEMENT DU FOND, AU SIXIÈME.
BONSOIR.

TU N'AVAIS PAS BESOIN DE L'AC-COMPAGNER JUSQU'ICI...
NE DIS PAS ÇA, IL Y A QUELQUE CHOSE DE LOUCHE DANS CETTE HIS-TOIRE...
TU POUVAIS L'ATTENDRE À LA MAISON.
QUELQUE CHOSE DE LOUCHE ?
CET AVOCAT QUI S'AP-PELLE MORIYAMA...
UN AVOCAT ?
TU NE TE SOUVIENS PAS ? TU L'AS CROISÉ DANS LE BUREAU DE SAINOME LA DERNIÈRE FOIS.
AH... TU PARLES DE CET HOMME MANIÉRÉ.
ÇA M'ÉTONNE QU'IL SOIT AVOCAT.
MOI, JE CROYAIS PLUTÔT QU'IL ÉTAIT...
MAÎTRE MORIYAMA ?!

QUE FAITES-VOUS ICI ?
JE VENAIS JUSTE ME RECUEILLIR...
J'AVAIS UNE RELATION PLUS OU MOINS INTIME AVEC CETTE FEMME.
BIKONG
PILILILI
LILILING
PILILING
VOTRE PORTABLE... IL EST EN TRAIN DE SONNER.
...
BIP
ALLÔ DOCTEUR ? C'EST À PROPOS DE CE QUE VOUS M'AVEZ DEMANDÉ TOUT À L'HEURE...
JE VOUS ÉCOUTE...

J'AI ENQUÊTÉ SUR LES PERSONNES QUI ONT ASSISTÉ À L'EXÉCUTION DU CONDAMNÉ À MORT EN QUESTION.
JE DIRAIS QU'ILS SONT TOUS CLEAN.
À L'HEURE OÙ MAKI HAYAKAWA A ÉTÉ TUÉE, TOUT LE MONDE AVAIT UN ALIBI.
IL Y A ENCORE QUELQUES ZONES D'OMBRE CON-CERNANT MAÎTRE MORIYAMA, ALORS JE VAIS CONTINUER D'ENQUÊTER...
D'AILLEURS, J'AI QUELQUE CHOSE QUI POURRA VOUS INTÉRESSER À SON SUJET...
IL ÉTAIT DANS LA MÊME PIÈCE QUE LE CONDAMNÉ À MORT LORS DE L'EXÉCUTION. C'EST LUI QUI LUI A FERMÉ LES YEUX.
!!
J'AI ENTENDU DIRE QUE C'ÉTAIT LA DERNIÈRE VOLONTÉ DU CONDAMNÉ...
ELLE LUI AVAIT ÉTÉ ACCORDÉE À TITRE EXCEPTION-NEL.

JE... JE VOIS. MERCI BEAU...
QU'EST-CE QUE TU VIENS DE DIRE ?!
HEIN ?
SUR CET AVOCAT...
AH...
J'AI DIT QUE JE TROUVAIS QU'IL AVAIT UNE TÊTE D'ASSASSIN.
IL A UN AIR SINISTRE...

MMM...
AAAAH !!
GONG
BAF
BADAM

CRATCHING
C'EST BIZARRE...
ELLE NE RÉPOND PAS...

Épisode 5
SOUL SLAVE Part 3

...
SON PORTABLE NE CAPTE PAS, ON DIRAIT... JE MONTE JETER UN ŒIL...

HMM...
CE N'ÉTAIT PAS TRÈS INTELLIGENT DE MA PART DE TUER MA MAÎTRESSE, HEIN ?
?!
!!
J'AI ESSAYÉ DE ME BRICOLER UN ALIBI DE TOUTES PIÈCES, MAIS ÇA N'A PAS DU TOUT MARCHÉ...
MAIS IL SEMBLE QUE JE SUIS ÉGALEMENT POURSUIVI D'UN AUTRE POINT DE VUE.
IL EST INÉVITABLE QUE L'ON ME SUSPECTE, MAINTENANT...
MAÎTRE MORIYAMA, QU'EST-CE QUI VOUS PREND ?
CE DOSSIER...
JE ME SUIS PERMIS D'Y JETER UN ŒIL.
!!

QUE DE VISAGES NOSTALGIQUES...
JE LES AI TOUS TUÉS...
QU... QUOI ?
JE NE VOIS PAS DE QUOI VOUS VOULEZ PARLER...
PAS LA PEINE...
DE FAIRE CELLE QUI NE SAIT PAS.
DE TOUTE FAÇON, TOUT ÇA N'A PLUS D'IMPORTANCE...
PUISQUE VOUS ALLEZ MOURIR ICI...
...
VOUS POUVEZ ME TUER SI VOUS VOULEZ...
MAIS VOUS NE POURREZ PAS VOUS ÉCHAPPER, CETTE FOIS...

JE SAIS TOUT...
À LA MORT DE LA PERSONNE DONT VOUS OCCUPEZ LE CORPS, VOUS PRENEZ POSSESSION D'UNE AUTRE ENVELOPPE CHARNELLE POUR CONTINUER À PERPÉTRER VOS CRIMES...
C'EST EXACT.
JE VOIS QUE VOUS AVEZ BIEN ENQUÊTÉ...
L'INCONVÉNIENT, C'EST QUE JE NE PEUX PAS QUITTER UN CORPS AVANT LA MORT DE MON HÔTE...
ET COMME JE NE PEUX POSSÉDER QUE LE CORPS DE L'ÊTRE HUMAIN LE PLUS PROCHE AU MOMENT DU TRANSFERT...
JE DOIS VEILLER À BIEN CHOISIR MON HÔTE.
C'EST POUR ÇA QUE VOUS AVEZ DEMANDÉ À MAÎTRE MORIYAMA D'ASSISTER À VOTRE EXÉCUTION...
J'AURAIS PU CHOISIR PLUSIEURS AUTRES CIBLES...
AVANT QU'ON ME JETTE EN PRISON.
MAIS EN RENCONTRANT CET AVOCAT, J'AI CHANGÉ D'AVIS.

CET HOMME QUI ESSAYAIT DE FAIRE LIBÉRER UN MEURTRIER UNIQUEMENT POUR SA CARRIÈRE...
JE TROUVAIS ÇA TELLEMENT AMUSANT D'EN FAIRE UN TUEUR...
...
ET MAINTENANT...
QUE DIRIEZ-VOUS...
D'ASSISTER À UN PETIT SUICIDE ?
!!
CONNAÎTRE LES MOTIVATIONS D'UN TUEUR EN SÉRIE, ÇA AURAIT PU VOUS SERVIR DANS VOS FUTURES ENQUÊTES...
C'EST UNE BONNE IDÉE, VOUS NE TROUVEZ PAS ?
MALHEUREUSEMENT, UNE FOIS QUE J'AURAI PRIS POSSESSION DE VOTRE CORPS, VOTRE CONSCIENCE S'EFFACERA COMPLÈTEMENT...
QUELLE TRISTESSE...

C'EST DOMMAGE, MAIS JE NE PEUX PAS POSSÉDER LE CORPS D'UNE FEMME.
J'AI ESSAYÉ PLUSIEURS FOIS JUSQU'À MAINTENANT MAIS, JE NE SAIS PAS POURQUOI, ÇA N'A JAMAIS MARCHÉ.
RASSUREZ-VOUS.
?
...
JE NE POURRAIS JAMAIS ME SUICIDER...
ET PUIS...
JE NE SUPPORTE NI LA DOULEUR NI LA SOUFFRANCE.
LE SIMPLE FAIT DE M'IMAGINER EN TRAIN DE M'ENFONCER UN COUTEAU DANS LE CORPS ME DONNE DES FRISSONS...
CE N'EST PAS TRÈS PRUDENT DE ME DIRE TOUT ÇA, NON ?
JE NE VOIS PAS CE QUE VOUS POURRIEZ FAIRE DE TOUTE FAÇON...

MÊME LA MORT NE PEUT PAS M'ARRÊTER.
ALORS LA POLICE OU LES TRIBUNAUX...
PERSONNE...
NE PEUT M'ARRÊTER.
SAINOME ?
!!
TU N'AS PAS FINI TON INSPECTION ?

SAINOME ?
QU'Y A-T-IL INSPECTEUR ?
JE ME DEMANDAIS SI TU AVAIS BESOIN DE MON AIDE.
?!
NON, JE PEUX ME DÉBROUILLER SEULE, MERCI.
ET PUIS, J'EN AI BIENTÔT FINI...
JE VOIS...
JE T'ATTENDS EN BAS... N'HÉSITE PAS À M'APPELER EN CAS DE BESOIN.
VOUS ÉTIEZ AC-COMPAGNÉE D'UN INSPEC-TEUR ?

C'EST DOMMAGE MAIS...
IL SEMBLE QUE JE N'AURAI PAS LE TEMPS DE FAIRE DURER LE PLAISIR...
TU N'AS PAS L'AIR DE TE DÉBROUILLER SI BIEN QUE ÇA, FINALEMENT...
C'ÉTAIT BIEN TOI, ALORS.
?!
CET HOMME... QUAND EST-IL ENTRÉ DANS LA PIÈCE ?!

NE BOUGE PAS.
SINON, CETTE FEMME EST...
?!

DOKANG
ドガッ

TU ES BIEN VIOLENT...
LA PROCHAINE FOIS, J'AIMERAIS BIEN QUE TU ME SAUVES D'UNE MANIÈRE UN PEU PLUS DOUCE.
IDIOTE. TU ÉTAIS DANS DE SALES DRAPS...
TU N'ES PAS BLESSÉE ?
NON... ÇA VA, MERCI.
COMMENT AS-TU SU POUR MAÎTRE MORIYAMA ?
C'EST MISAKI QUI L'A PERCÉ À JOUR.
KUROE... OÙ EST-IL PASSÉ ?!
HMM ?
IL EST ÉTENDU PAR LÀ, NON ?
!!
!!

KOTCH
KOTCH
JE NE VAIS PAS CONTINUER À L'ATTENDRE PENDANT UNE ÉTERNITÉ...
KOTCH
C'EST TOUJOURS MOI QUI SUIS MISE À L'ÉCART.
JE NE SAIS PAS POURQUOI KUROE EST SI DOCILE AVEC SAINOME...
JE SAIS QUE C'EST UNE AMIE DE LONGUE DATE, MAIS...
TIENS...
C'EST LE MANIÉRÉ DE LA DERNIÈRE FOIS.

カチャ
KATCHANG
ドッ
DOSCH

ポオン PONG
!!
KUROE... OÙ EST MISAKI ?
ガ GRALANG
HEIN ? DANS LA VOITURE...
!!
MISAKI ?!
MERDE...
QUI C'EST, CETTE GAMINE... ELLE M'A INDUIT EN ERREUR.

MOI QUI LES ATTENDAIS POUR LES TUER PAR SURPRISE...
IL A FALLU QU'ELLE SOIT LÀ AU MAUVAIS MOMENT...
?
!!
ZWASH

KAP
!!
AAAAAAAAH !!
GUGH
GUGH
AAAAH !!
BAF

!!
MISAKI...
MAIS...
EURGH
CETTE GAMINE...
ELLE A...
AH ?!

!!
KUROE ?!
CRAC
CRIC

NON...
KUROE !!
QU'EST-CE QUE TU AS FAIT ?!
KUROE ?!
ARRÊTE, IL EST DÉJÀ MORT.
GADANG
...
C'EST UNE ÂME INTÉRES-SANTE MAIS...
ÇA S'ARRÊTE ICI POUR LUI...

MISAKI... TU AS BU SON SANG ?!
IL L'A GRAVEMENT BLESSÉE, ALORS JE LE LUI AI FAIT PAYER DE SON SANG...
!!
CE N'EST PAS TOI ?!
ELLE AURAIT PU MOURIR AVEC UNE TELLE BLESSURE...
TU COMPRENDS CE QUE JE VEUX DIRE ?
SI CETTE PETITE COMPTE TANT QUE ÇA À TES YEUX...
JE TE CONSEILLE DE NE PAS ME LAISSER REVENIR TROP SOUVENT. JE SUIS SA "STRARDA", LE SANG NOUS LIE...
PLUS MA CONSCIENCE SE REN-FORCE...
PLUS LA MÉMOIRE DE...
CETTE FILLE...

S'ESTOMPE...
...
MISAKI...
QUOI...
POUR... QUOI ?
MES VERTÈBRES SONT BRISÉES...
JE SUIS... BIEN MORT...
ALORS POURQUOI... SUIS-JE ENCORE DANS CE CORPS ?!

CE CORPS...
PARCE QUE TU ÉTAIS DÉJÀ MORT.
SERA...
TON VOYAGE S'ACHÈVE ICI.
LA PRISON DE TON ÂME.

Mlle SAI-NOME !!
L'AUTRE JOUR, J'AI ENTENDU...
UN GÉMISSE-MENT HUMAIN PROVENANT DU SOUS-SOL !!
OH, ÇA...
C'EST LA VOIX DU MAUVAIS ESPRIT QUI EST ENFERMÉ ICI.
HEIIIIN ?!
ARRÊ-TEZ...
VOUS ALLEZ ME FAIRE PEUR !
JE SAIS BIEN QU'ON TRAVAILLE DANS UNE MORGUE, MAIS CE GENRE D'HISTOIRE...
C'EST NORMAL, TU VIENS JUSTE D'ÊTRE MUTÉE ICI...
CE N'EST PAS ÉVIDENT, MAIS TU T'HABITUE-RAS, TU VERRAS.
J'AI DÛ ENTENDRE DES VOIX, ALORS ?

QUI SAIT ? ON TRAVAILLE AVEC LES MORTS, APRÈS TOUT...
PEUT-ÊTRE QUE TU L'AS VRAIMENT ENTENDU...
TUER...
JE VAIS TE... TUER...
OH NON, PAS ÇA...
VOUS ESSAYEZ ENCORE DE ME FAIRE PEUR...
JE TE TUERAI...
MOI, LES CADAVRES, ÇA NE ME FAIT RIEN DU TOUT, MAIS JE NE SUPPORTE PAS LES HISTOIRES DE FANTÔMES...
JE VAIS TE...

Épisode 6
CLASP YOUR HAND

JUSQU'À CE QUE TU OUVRES LES YEUX

NOUS AVONS BIEN REÇU LE MANUSCRIT.
C'EST DU BEAU BOULOT, KUROE. REPOSEZ-VOUS BIEN...
MERCI, AU REVOIR.
DOSH
OUF !
BIP
39 DEGRÉS...
39.3°C
ÇA FAIT BEAUCOUP...
MAIS LE TRAVAIL EST FINI, ÇA DEVRAIT ALLER MAINTENANT...
PAF
ALLEZ, DU NERF, KUROE !! LA PETITE PRINCESSE T'ATTEND !!

!!
ハア
HAA
ハア
HAA
SHWOUIT

TADA!!
AH...
JE T'AI FAIT ATTENDRE ?
PLUS QUE TU N'AURAIS DÛ...
GRÂCE À TOI, PLUSIEURS ADMIRATEURS SONT VENUS ME PARLER.
QUOI ?!
QUI ÇA ?!
JE PLAISANTE.
HEIN ?

BON, ET QU'EST-CE QU'ON FAIT MAINTE-NANT ?
IL N'Y A JAMAIS D'HOMMES SEULS ICI À CETTE HEURE-CI...
PFF...
ELLE N'A PAS TORT...
VOYONS VOIR...
ET SI ON RÉFLÉCHISSAIT À TOUT ÇA EN DÎNANT LÀ-BAS...
ÇA TE VA ?
RESTAURANT
C'EST TOUJOURS TON APPÉTIT QUI PASSE EN PREMIER...
EH OUI !

KUROE... TU ES SÛR QUE TU NE VEUX RIEN MANGER ?
HMM ?
OUI... EN FAIT, J'AI GRIGNOTÉ AVANT DE VENIR.
JE VOIS...
ON N'AURAIT PAS DÛ VENIR ICI, ALORS...
MAIS TU AS DÎNÉ POUR DEUX, ALORS ÇA VA...
HEIN ?!
C'EST PAS GENTIL, JE N'AI PAS MANGÉ TANT QUE ÇA !!
AH OUI ?
LES VAMPIRES CONSOMMENT PLUS DE CARBURANT, C'EST TOUT...

HMMM !
ESTOMAC RAVITAILLÉ !!
MAINTENANT, SUS AUX MANÈGES !!
!!
QU'Y A-T-IL, KUROE ?
TU VAS TE PERDRE SI TU CONTINUES DE RÊVASSER !
NO... NON...
CE N'EST RIEN...
HA HA...
JE PENSE QUE JE VAIS COMMENCER PAR LE GRAND HUIT.
M... MAIS TU VIENS JUSTE DE MANGER !

HAAA...
LA VUE EST MA-GNIFIQUE...
C'EST TOUJOURS UN PEU SPÉCIAL QUAND ON VOIT ÇA D'UNE GRANDE ROUE...

PEUT-ÊTRE PARCE QUE JE SUIS AVEC CELUI QUE J'AIME...
TU NE TROUVES PAS, KUROE ?
...
KUROE ?
HEIN ?
AH... OUI... PEUT-ÊTRE...
...

DÉSOLÉE, KUROE.
ON DIRAIT QUE JE T'AI UN PEU FORCÉ À M'ACCOMPAGNER AUJOURD'HUI...
HEIN ?
OUI... COMME J'AI ÉTÉ BLESSÉE LA DERNIÈRE FOIS...
TU VOULAIS ME RÉCONFORTER, ALORS...
MAIS NON...
!
JE ME SUIS BIEN AMUSÉ, MÊME SI JE N'EN AI PAS L'AIR...

...
TU AS SEMBLÉ T'ENNUYER DU DÉBUT À LA FIN...
C'EST JUSTE QUE...
UN ADULTE COMME MOI QUI FAIT LE FOU DANS UN PARC D'ATTRAC-TIONS...
C'EST UN PEU HON-TEUX, TU NE CROIS PAS ?
JE VOIS... C'EST ÇA QUI TE GÊNAIT ?
MOI, JE TROUVE ÇA TRÈS MIGNON QUAND TU FAIS L'IDIOT SUR LE CARROUSEL...
C'EST CENSÉ ÊTRE UN COMPLI-MENT ?

WOOF
BONNE NUIT, KUROE.
!!
KUROE ?

KUROE... KUROE VA MOURIR !!
HOU LÀ...
KUROE VA... KUROE VA...
MISAKI ?!
CALME-TOI UN PEU !
QU'EST-IL ARRIVÉ À KUROE ?
AH...
ÇA, C'EST JUSTE UN RHUME...
PAS LA PEINE DE T'INQUIÉTER.
TU M'AS FICHU LA TROUILLE...

NON... CE N'EST PAS UN RHUME !!
SON CORPS EST CHAUD... ET IL TRANSPIRE BEAUCOUP AUSSI...
ET PUIS, ET PUIS...
OUI, MA CHÉRIE, C'EST BIEN CE QU'ON APPELLE UN RHUME...
Mlle SAINOME, C'EST BIENTÔT L'HEURE...
ÇA VA ALLER. IL SUFFIT QU'IL MANGE QUELQUE CHOSE ET QU'IL SE REPOSE CETTE NUIT. IL VA VITE GUÉRIR...
BON, JE DOIS Y ALLER MAINTENANT.
QUOI ?! TU NE VIENS PAS ?!
DÉSOLÉE, J'AI DU TRAVAIL.
ET PUIS, POUR UN SIMPLE RHUME...
ÇA SUFFIT !! JE VAIS ALLER CHERCHER UN AUTRE MÉDECIN !!
QUOI... ALLER CHERCHER UN MÉDECIN ?!

TU NE PEUX PAS SORTIR DEHORS, IL FAIT DÉJÀ JOUR !!
C'EST DE TA FAUTE !! TU N'AS QU'À VENIR !!
ÇA VA, J'AI COM-PRIS.
JE NE PEUX PAS ALLER CHEZ VOUS, MAIS JE VAIS TE DONNER UNE MÉTHODE POUR LE GUÉRIR.
ÉCOUTE BIEN. C'EST UNE MÉ-THODE DANGE-REUSE, ALORS IL NE FAUDRA SURTOUT PAS QUE TU TE TROMPES !
!!
IL FAUT QUE TU SERRES LA MAIN DE KUROE JUS-QU'À CE QU'IL SE RÉVEILLE...
...
SURTOUT, NE LA LÂCHE PAS AVANT QU'IL OUVRE LES YEUX...
SINON, IL NE SE RÉVEILLERA PLUS JA-MAIS...
MISAKI ?

MÉCHANTE !!
ÇA N'A PAS MARCHÉ...
KATCHANG
MLLE SAI-NOME !!
OUPS...
AH... DÉSOLÉE, J'ARRIVE TOUT DE SUITE.
C'ÉTAIT UNE ENFANT DE VOTRE FAMILLE ?
ON VA DIRE ÇA, OUI...
J'ESPÈRE QU'ELLE NE FERA PAS DE FOLIE...

QUELLE IDIOTE, CETTE SAINOME !!
C'EST INCROYABLE QU'ELLE NE VIENNE PAS ALORS QUE KUROE EST MALADE !!
ET PUIS C'EST QUOI CETTE HIS-TOIRE ?! NE PAS LUI LÂCHER LA MAIN ?!
C'EST FOR-CÉMENT DES BÊTISES !!
...
ÇA NE PEUT...
ÊTRE...
QU'UN MEN-SONGE...

OUI, MAIS...
SI JAMAIS...
C'ÉTAIT VRAI...

CE N'EST PAS...
QUE JE CROIE À CES BÊTISES, MAIS...
PEUT-ÊTRE QUE KUROE SE SENTIRA ENCOURAGÉ SI JE RESTE PRÈS DE LUI...
JE SUIS DÉSOLÉE, KUROE...
TU N'ALLAIS PAS BIEN ET JE NE M'EN SUIS PAS APERÇUE...

KUROE...
NE M'ABANDONNE PAS...

...
C'ÉTAIT BIEN LA PEINE DE S'INQUIÉTER...

MMMM...
SAINOME ?
COUCOU !
TU ES VENUE ?
MISAKI... TU NE LUI AS PAS TENU LA MAIN...

NON...
MAIS NON, JE...
ET VOILÀ... COMME TU N'AS PAS ÉCOUTÉ CE QUE JE T'AI DIT...
KUROE EST MORT.
REGARDE, IL NE BOUGE PLUS UN DOIGT.
J'AI SERRÉ SA MAIN !!
JE LE JURE, JE NE L'AI PAS LÂCHÉE !!
C'EST LA VÉRITÉ...
MMMM...
QUELQU'UN EST MORT ?
!!
SAINOME ?
QU'EST-CE QUE TU FAIS ICI ?

KUROE !!
WHOOH !
?
OOOUHHHN
KUROEEE !

MISAKI ?
KUROE
?
KUROE
BON... J'Y VAIS.
JE T'AI PRÉPARÉ QUELQUE CHOSE DE LÉGER AU CAS OÙ TU AURAIS UN CREUX.

JE SUIS DÉSOLÉ, TU N'AURAIS PAS DÛ...
AUJOURD'HUI, C'EST EX-CEPTIONNEL... C'EST POUR TE REMERCIER DE TON AIDE, LA DERNIÈRE FOIS.
MAIS NORMA-LEMENT, JE N'EXAMINE QUE LES CADAVRES...
COM-PRIS...
LA PROCHAINE FOIS, ON T'APPELLERA SEULEMENT QUAND JE SERAI VRAIMENT MORT.
JE PRÉFÉ-RERAIS, OUI.
PRENDS SOIN DE TOI.
À LA PROCHAINE, MISAKI !

PFF...
JE SUIS MORTE DE HONTE...
JE ME SUIS FAIT AVOIR PAR SAINOME...
TU AURAIS DÛ TROUVER SON HISTOIRE BIZARRE DÈS LE DÉBUT !
HEIN ?!
MAIS J'Y PEUX RIEN, JE ME SENTAIS RES-PONSABLE !
J'AVAIS LA SENSATION DE T'AVOIR FORCÉ À SORTIR HIER, SANS M'APERCEVOIR QUE TU N'ALLAIS PAS BIEN...
EN PLUS...
QUAND J'AI ÉTÉ BLESSÉE...
ET QUE J'AI PERDU CONNAIS-SANCE...
TOI AUSSI, KUROE...

TU ES RESTÉ À MES CÔTÉS EN SERRANT MA MAIN...
JUSQU'À CE QUE J'OUVRE LES YEUX...
ALORS...
JE ME SUIS DIT QUE...
C'ÉTAIT PEUT-ÊTRE IMPORTANT QUE JE LE FASSE AUSSI...
...

TU AS RAISON...
SI J'AI GUÉRI SI VITE...
C'EST PROBABLEMENT PARCE QUE TU ÉTAIS À MES CÔTÉS.
...
DANS CE CAS-LÀ...
CE N'EST PAS GRAVE QUE SAINOME SE SOIT MOQUÉE DE MOI...
À SUIVRE...

Appendice
IN MY BED I SCREAM
LE RETOUR MATINAL DE KUROE

KUROE ?
TU ES RENTRÉ...
YAAAAH ?!
DONG
HEIN ?!
C'EST MOI !
KU... KUROE !!
MAIS...
TU T'ES COUCHÉE AVANT MOI, MISAKI ?
MAIS... TU M'AS DIT DE NE PAS T'AT- TENDRE PARCE QUE TU DEVAIS RENTRER TARD...
DOKING

JE VOIS, JE TE RÉVEILLE, ALORS...
クス HÉ クス HÉ
!!
KUROE... MA PAROLE, TU AS BU ?!
HMMM...
EH OUI, JE SUIS SOÛL !!
がばっ KABANG
YAAAAH...
AAAAH... QUE TU ES MIGNONNE, MISAKI !
GOUIGH
ギュウ
カーッ PSCHH
KUROE...

WHAAAH !!
ドサッ
BOBAF
KUROE, TU ES LOURD...
HEIN ?!
ぶちゅうう
SMACK
KUROE... NON...
EH... NON... AAAH !
じた
BAF
ばたっ
BOF
HA HA HA !
KUROE... HA HA HA HA, TU ME CHATOUILLES... HAAA !
C'EST PAS VRAI...

KUROE NE TIENT VRAI-MENT PAS L'ALCOOL...
!!
VOUIT
...
UN SUÇON...
IL NE M'A PAS LOUPÉE !

スッ
SWOUIT
AH !!
IL DISPARAÎT DÉJÀ !!
ピ
PITCH
ET VOILÀ.

Titre original :
BLOOD ALONE, vol. 1

First published in Japan in 2005 by MEDIA WORKS INC., Tokyo
French translation rights in France arranged with MEDIA WORKS INC.,
through Tuttle-Mori Agency, Inc., Tokyo.

Édition française

Traduction :
GB One

Adaptation :
Ahmed Agne & Cécile Pournin

Adaptation graphique :
GB One

ISBN : 978-2-915513-24-0
Dépôt légal : août 2006
Achevé d'imprimer en France en mai 2010 par CPI Aubin Imprimeur

BLOOD ALONE 1

Sommaire